KB142404

꽃바람 변명

허말임 시집

꽃바람 변명

문학산책사

■ 시인의 말

겁도 없이 열정만 앞섰던
시간을 보내고 나니 쉼표가 보인다

등단을 하고 시집 세 권만 내는 것이
첫 소망이었는데
돌아보니 그 소망 다 이루었는데

그래도 놓지 못하는 시의 인연
내 작품의 색깔은 어디까지일까
마침표와 쉼표 사이에서 숨고르기 한다

2024년 봄날에
허 말 임

꽃·바·람·변·명 허말임 시집

■ 차례

시인의 말

1부 어떤 약속

등과 등에게 12

꽃그늘에서 듣다 14

품을 내준 나무 16

빨간 모자 할머니 18

복날의 기도 19

오월의 길 21

동국사 은목서 23

노모의 밥 25

지상의 별 27

화로 28

밤나무 30

낡아가는 집 31

대추나무 33

어떤 약속 34

2부 길을 잃다

토기 한 점   38

조   39

냉이 캐기   41

약탕기   43

세 든 집   45

사월의 찬가   46

붉은 마음으로   48

빛의 화살   49

가을 관곡지   50

길을 잃다   51

그 나무 아래   52

벗나무 그늘 아래   54

빨래터에서   56

풀 앞에 서면   57

3부 정 때문에

사월 숲속   60

달려가는 봄   61

오월 소풍날   62

바람도 눈감아 주라네   64

하루쯤은   65

별꽃 하나   67

편견 버리기   69

민낯에 피는 꽃   70

몰래 온 손님   71

이런 봄맞이   72

전북식당   74

정 때문에   76

익어가는 것   78

4부 뿔을 보다

크게 더 크게   80

영화 같은 이야기   82

허전한 버릇   84

숫돌을 생각하며   85

두 개의 가방   87

그 마을버스에는   88

씀바귀꽃   90

꽃바람 변명   91

뿔을 보다   93

방충망 손님   95

어디 갔을까   97

헛걸음하던 날   99

그리울 것이다   101

5부 카드 두 장

초록에서 갈색으로 104

가시 속에 피는 꽃 106

아이의 문신 107

엄마 밥상 109

기일 111

연주암에서 113

그리움을 끓이다 114

청원리 이팝나무 116

첫 마음의 옛집 118

무임승차 꽃눈 120

오래전 습관 122

카드 두 장 124

귀뚜라미 126

해설 빛나는 쓸쓸함을 걸쳐 입고_배준석 · 129

1부

어떤 약속

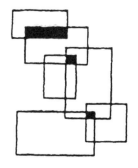

등과 등에게

내 눈으로 볼 수 없어
거울 들고 마주 비출 때 볼 수 있는
적당하게 살찌운 세월의 등이
거울 속에 뒤돌아 서 있다

만나고 헤어진 수많은 말을
줄임표로 대신할 때
등, 등, 등…
무슨 뜻인지 몰라 아득했던 길
엄마 땀 냄새도 마냥 좋아
등에 기대며 삭인 마음도 훌쩍 자라
등 보이며 떠나왔던 고향길도
저만큼 비켜 서 있다

등은 속내를 감춰주기도 하고
가까운 이에게 선뜻 내주기도 한다
쓸쓸함과 당당함을 동시에 가진 등
등만 내주면 된다고 믿었던 마음은
늘 두 갈래 길이었다

거울 앞에서 등을 비추어 본다
마음의 등이 꺼졌을 때
거울로도 볼 수 없는 바위가 되는 등
태아처럼 숙여지는 세월을 펴며
온기 남은 등을 손주에게 내민다

꽃그늘에서 듣다

천년의 법 향기가 피어나는
화엄사 각황전 옆 홍매화*
꼭 다문 꽃 입술 동안거 묵언수행 중
찬 서리 겨울바람 스친 자리마다
꼭꼭 쟁여놓은 향기로운 말들만
가지마다 봉긋봉긋 늘어놓았네

꽃잎 한 겹에 바람 한 자락
꽃잎 두 겹에 눈바람 세 자락
안으로 여민 시간 겹겹이 두르다
봄 햇살 사뿐 걸음 분주한 날에
참아서 향기 나는 꽃말도 아끼며
세상 길 밝아지게 진분홍 꽃등 들었네

긴 기다림 속 꿈같은 만남
인연 따라온 길 합장하는 고운 손
꽃잎 말 받아 적는 서툰 글쓰기
참아도 나오는 와~아~ 소리만
꽃그늘에서 화엄으로 피어나네

* 2024년 국가유산 천연기념물 지정. 수령 300년이 넘었다고 함.

품을 내준 나무*

평촌 중앙공원 산책길에
눈길 끄는 나무 있어
가까이 가보니 큰 가지 사이에
작은 나무 자라고 있다

그들의 동거 언제부터였을까
신도시가 형성될 때
떠날 수 없는 사연 하나
슬쩍 옛 그리움으로 날아와
숨어든 것은 아닐까
밀어내지 못해 품은 이도
곁방살이로 끼어든 그도
서로의 아픔이 있었으리라

품을 키운다는 것
누군가를 품에 안는다는 것
쉽지 않은 일이다
버즘나무가 내어준 품에
느티나무 몇 줄기 자라고 있는 봄날

물오른 푸른 기운 눈 틔우고 있다

누구나 품을 수 없는
의문 하나 품어지는 산책길에
그들의 동거를 올려다본다

* 희귀한 수목이란 명패 달고 있음

빨간 모자 할머니

월미도 공원
바닷바람 곁에 있는 포장마차
젊은 시절부터 붙박이처럼 장사했다는
그 입담이 설탕처럼 녹아든다
세상 바람 바닷바람에
온몸으로 절여진 삶의 터전
빨간 모자 어울리는 그녀가
등대처럼 길 밝힌다
따끈따끈한 것이 제격인 겨울
원조 할머니 커피라고
모락모락 쓴맛 단맛 저어 향기를 팔 때
은빛 머리 빨간 모자가 덮어주고
눈가에는 세월의 파도가
잔잔히 머문다
밀물처럼 밀려왔던 손님들
썰물처럼 빠져 가면 섬이 되는 포장마차
한해를 접는 겨울비가
할머니 머리에도 빗질하며 내리고 있다

복날의 기도

연립주택 작은 화단에 감나무 한 그루
벌써 사람들 눈길 타는지
지나가던 두 여자 대화가 창문으로 들어온다
어머머 저 열매 좀 봐 정말 앙증맞네
주렁주렁 열린 것 봐
도시에서 처음 보는 듯
한동안 호들갑을 떨다 지나간다

이태 전 이층 할아버지가 심은 나무
내 키 만큼 자랐다
삼복더위 이기라고 영양제 주듯
막걸리 한 병 감나무 아래 세워 두었는데
한 방울 한 방울 달게 먹었는지
제법 실하게 달렸다
손만 뻗으면 딸 수 있는 열매들이
싱그러운 얼굴로 인사를 한다

바라보는 내내 괜히
사람들 손길 스칠까 봐 조바심 일지만

그래도 단맛 들 때까지
사람들 손길만은 타지 말라고
기원 하나 몰래 달아 놓았다

오월의 길

그리움이 연두로 물들 때면
오월로 달려간다

시댁 뒷산 감나무밭 양지바른 곳
생전 말씀 없던 어머님 누워 계시다
자식 온다고 주변 가꾸고 기다리신 걸까
삐비꽃 하늘하늘 하늘 향하고
풀꽃 속에 씀바귀 노란 웃음 풀어놓고
찔레 향기도 활짝 피워 놓았다
흘러가던 구름도 잠시 쉬어 가는 곳

자식도 세월에 무릎이 저려
큰절 못 올린다고 말씀드리니
어머님도 울컥, 속내 감추려는지
바람을 불러 모아
찔레 향기만 더 하얗게 피워 놓았다
자식의 인연으로 만나
삐걱이는 소리도 맞추며 걸어온 길

오월은 그리움 먼저 앞장세우고
또 다른 길로 걷고 있었다

동국사[*] 은목서

동국사 절 마당에
은목서 한 그루
봄날 연둣빛 향연이다

가시부터 피우는 꽃잎 같은 잎
그들만의 절개 지키듯 톱니처럼 맞물린
백년 넘은 세월도 영원을 접었다
가시로 스쳐 간 쓰린 상처
아물었다가 덧나다가
서서히 잊혀졌다가 다시 덧나는 기억

그들의 손길은 뜨락 곳곳에 남아
떠나지 못한 뿌리와
뿌리를 지키려는 우리의 뿌리가
같이 자라고 있다
상처를 보듬어 줄 말들은
잎과 입속에 감추고 있는데

과거를 안은 채

절 마당 지키고 있다
살아있는 문화재 되어
오가는 사람들 눈길 받으며

* 군산에 있는 일제강점기에 지은 절

노모의 밥

겨울옷 두께까지 겹친
주말 전철은 만원이다
겨우 들어서 손잡이로 중심 잡는데
앞자리에 앉은 할머니가
내게 먼저 말을 건다

의정부 동생네 가는데
두어 시간만 놀다 올 거라고
며칠 계시다 오면 되잖아요 하니
밥 때문에 돌아와야 한단다

일흔은 넘어 보이는 할머니
혼자만의 한숨이 철길만큼 길어진다
이제 모든 것 내려놓고 쉴 나이인데
한평생 차려온 자식 밥상이
살아오게 한 날들이었을까

외출하는 전철 안까지

동행하고 있는 밥걱정이
내게도 쓸쓸하게 달라붙는다

지상의 별

작은 손수레를 밀고 당기며
하루를 살아가는 노부부가
지상의 별을 줍는다
차곡차곡 폐지가 쌓일수록
꿈이 되고 별이 되는 아득한 일상
졸랑졸랑 따라다니는 강아지와
저녁이면 문틈으로 새어 나온
쪽방의 불빛이
어두운 골목을 환히 밝힌다
도란도란 세 식구
서로 등 기댄 가난한 행복
누구도 훔쳐가지 못할
지상의 작은 별
손수레가 문을 지키고 있다

화로

안양박물관에 전시된 화로 앞에서
징검돌 건너듯 돌아본 시간
사랑방 아궁이 큰불을 모아 담고
재를 덮어 다독이던 투박한 아버지 손길
두레밥상 곁에서 온기로 데워주더니
밀려난 세월 앞에 다소곳하다

사는 것은 가슴에 화로 하나 품는 것
사람 사이에도 적정한 온도가 필요하다
큰 불 활활 일어나면 데이기도 하고
스스로 다독이면 꺼지기도 한다
때로 뜨거움과 차가움 사이에서
오래 견뎌내는 것은 미지근한 온도 유지
잠깐 방심하면 꺼지기도 해
후후 불어 불씨를 살려야 한다

가슴에 오래 품고 온 불씨 있어
꺼지지 않도록 다독이는 내 안의 화로
젊음도 지그시 시간의 재로 덮어가며

박물관 유물조차 될 수 없는
하루를 꾹꾹 다독인다

밤나무

그들도 푸른 시절 있었다
꽃 활짝 피운 날도 있었다
봄날은 그렇게 지나가고
가시로 무장한 인생도 내려놓았다

때가 되면 저절로 떠난다는 것을
가을의 문은 활짝 열어놓고
어미 아비도 그렇게 살았노라고
허전한 가슴을 드러낸다

툭툭 던져버린 사랑
비우고 비워내는 쓸쓸한 늦가을
손님처럼 찾아온 청설모와 다람쥐가
그들 곁에서 바스락거린다

먼 곳 사는 자식보다 가까운
이웃 발자국이 더 반갑다

낡아가는 집

틈만 보이면
들어오는 침입자가 있다
며칠 비운 사이
집안은 어두운 공기로 채워졌고
거미는 귀퉁이에 선을 그어 놓았다
적막 속에서 곰팡이꽃 피어날 때
틈 주지 않고 돌아온 집
더디게 온기가 돌았다

틈만 보이면
내 안에 침입하는 이가 있다
수시로 피어나는 검은 꽃
잘라내도 숨겨진 뿌리는
설렘을 앗아가고 무기력을 키워냈다
내 것인데도 내 맘대로 되지 않는

틈만 보이면
파고드는 어쩌지 못하는 집
뼛속으로 드나드는 바람 같은 세월 앞에

젖 먹던 힘으로 지켜가야 하는
나만의 낡아가는 집

대추나무

시골집 담장 너머
가지 휘어지도록 매달린 대추가
가을볕에 익어가고 있다

부러질까 안쓰러워
가지치기해주면 좋겠다고
주인에게 말했더니
할 필요가 없단다

떠나기 전 몇 년간
가지 휘어지도록 열매 맺어주고
마지막 꽃 피운 후 간다는 나무
홀로 가는 그 길 걸림 될까 봐
뿌리도 깊게 내리지 않았구나

열매는 제사상에 올라 영혼 달래고
몸통은 사람들의 이름 새겨
세상 속 함부로 찍지 못하도록
꼭 쓸 곳만 꾸~욱 찍으라고
도장으로 거듭 태어나는 거였구나

어떤 약속

어둠이 걸어오는 저녁 무렵
아파트 경로당에서 할머니들이
삼삼오오 밀려 나온다

종일 있어도 헤어짐이 아쉬운 듯
새해에도 건강하게 만나자고
건강이 제일이라고 서로 주고받는 말

그려, 그래, 그래요
각자 대답하며 집으로 가는 뒷모습이
황혼마저 저무는 나이다
사각에 갇힌 아파트 일상
자식보다 친구가 좋을 때도 있는
경로당의 낮시간 잠시 접으면

밤사이 안부는 아무도 모르는 일
하루를 사이에 두고 건강하게 만나자는
할머니들 약속이 하얀 눈길 밟으며
걸어가고 있다

십이월 끝자락 길목에 서서
밤사이 안부에도 귀가 열리는
약속 살짝 엿듣고 있다

2부

길을 잃다

토기 한 점

인천 한중문화관에서
눈길 끄는 토기 한 점
백제시대 소변통이다

요즘 병원에서
남자 환자들이 사용하는 소변통처럼
손잡이까지 달려 있다

저 토기의 힘은 무엇일까
남자의 상징처럼 장식용이었을까
아니면 권세가 어른이 병중이거나
겨울밤 손 귀한 집 사내아이의
소변통으로 사용한 것일까

바닥에 단단히 고정시킨 저 다리
포효하는 사자의 입 같은 입구
앞서간 시대의 힘이 당당하다

조

시장 한 켠 노점상 할머니한테
노란 조 한 됫박을 샀다
봉지가 터질까 봐
한 번 더 넣어 달라 했더니
가방에 넣어 가면 끄떡 없단다

맛있게 밥 지어 먹으라는
덕담까지 담아왔는데
꺼내자마자 검은 봉지를 뚫고
조르르 알들이 흘러나왔다
순식간에 할머니 말 오간 데 없고
주방 바닥은 조밭이 되었다

냉장고 아래까지 흩어져 버린
알들을 줍느라 고행이 시작되었다
손으로 쓸어도 잡히지 않아
한 알 한 알 검지를 눌러 주웠다
식탁 아래서는 오체투지로
바닥에는 김을 매듯 허리를 굽혔다

발에 밟히기도 하는 알들은
나의 조급함을 나무라기도 했다

고 작은 한 알이 심어지면 깊은 생각으로
제 몸의 수천 배로 키워내는가
그러고도 고개를 숙이는 조의 위력을
누가 속 좁은 사람에게 비유했는가
한 알 한 알 내 손에 모여드는 알들
자잘한 금빛 말씀들이
주발 안에 찰지게 담겨졌다

냉이 캐기

막내가 보내준
봄나물 바구니가 밖으로 불러내어
가까운 들녘으로 나왔다

햇살 동그랗게 모여 기다리는 곳
낮은 자세로 흙과 한 몸인 그들 앞에 서니
부지런했던 할머니가 아른아른 걸어온다
동화책 대신 호미 들고 밭둑으로 종종걸음치면
흙을 털어낸 아이의 손등 위에
봄바람은 시리게 내려앉고
광대나물꽃도 민들레 냉이도
봄이 오는 길목에선 모두 낮은 자세였다

그중에서 냉이가 손을 이끈다
뿌리까지 캐려면 시간이 필요해
마음 급하면 잎이 뜯어지고
뿌리는 중간에 잘리기도 한다
돌아보면 냉이 캐기는 갈 수 없는 시간을 만나
정들이는 과정이었다

해마다 봄날은 돌아오고
자꾸만 무뎌지는 마음 밭에
냉이 향기 찾아 호미질한다

약탕기

베란다 한 켠
항아리 위에 올려놓은 약탕기
볕살 좋은 날 바라보니
여인의 삶 같다

전두리도 우둘투둘 소박한 모습
실금 사이로 스며있는 이야기가
불씨처럼 피어오른다
집집마다 하나쯤 있던 시절
화로에 숯불 담아 탕약 달이던
엄마 모습은 성자였다
한지로 뚜껑 덮고 부채로 불 조절하며
곁을 지키던 그 숨결

살면서 흉내 내도 강 약을
조절 못 해 부글부글 넘치거나
까맣게 타버리기도 했던 순간들이
약이 되어 쌓였던가
텅 빈 약탕기에 추억을 한 첩 넣어

불 지펴본다

불 조절도 스스로 할 줄 아는 나이
뭉근히 다려 낸 쓴맛의 여유가 달짝지근한데
함께 했던 약탕기는
세월에 밀려나 있다

세 든 집

야트막한 산언덕
느티나무에 까치집 있다

높이는 몇 층이나 될까
위로 바라보아도 가늠할 수 없다
까치는 나무에게 허락이나 받고
집을 지은 걸까
임대 기간 계약서는 썼을까

하늘만이 집안을 볼 수 있는 집
열쇠도 번호키도 없다
바람이 기웃거리고 잎 떨어져도
경비아저씨 달려오지 않는다
온전히 내 것 없는 세상

바람도 차단한 유리벽 안
까치집보다 높이 올라간 아파트를
임대해준 자연이
지긋이 올려보고 있다

사월의 찬가

벚꽃잎 분분히 날리는 날
눈부신 성스러움
송이송이 아픔 없이
피어나진 않았으리

만삭의 딸과 함께
벚꽃 길 걷는 모녀
아가야 아가야
세상은 꽃길만이 아닐지라도
꽃처럼 피어나거라
꽃처럼 자라거라

먼 옛날 어머니
어머니가 걸어간 그 길 따라
만삭의 꽃을 안고 걷는
사월의 봄날

눈부셔 눈물이 가려지는
앞서 걸었던 어미 마음이

꽃잎처럼 뿌려져
길 밝히고 있다

붉은 마음으로

누구 손길일까

신단에* 올려놓은
배 한 개와
사과 한 개

그 님은 떠나가도
흔적은 오롯이 남아
세월은 슬픔을 안고 삭혀내며
역사는 흘러가고

누구 마음이었을까

문학기행 길에 들러
마주한 시간
단풍처럼 붉어진 내 마음도
신단에 올려지고

* 금성대군 신단

빛의 화살

들녘에 쏟아지는
빛 환한 화살

눈부셔 고개 숙이니
나를 쏘는 게 아니라
그들을 쏘고 있었다

흙의 방패막을 뚫고 나온
민들레, 씀바귀,
쑥부쟁이, 냉이…

빛의 화살을 만나
꽃 피우는
봄, 봄, 봄,

가을 관곡지

여름이 불태웠던 그곳에 가면
고고했던 자태 내려놓고 대궁들만
남은 여름 이야기 하고 있다
꽃잎 버리고 씨앗 품은 연밭
중년의 사진사가 앵글 맞추던 곳

지난여름 시름 안고 찾아갔을 때
마음을 맑게 풀어 주던 곳
씻어낸 자리마다 피워낸 마음 꽃을
내년에도 다시 피워낼 수 있을까
물왕저수지 지나 관곡지에 가면
간곡한 말씀 한 구절 들을 수 있겠다

꽃 지는 연밭도 아름다웠다고
서걱서걱 바람에 흔들리며 떠나는
잎들을 따라가다 보면
그곳이 연꽃들의 세상
극락이 따로 없었다고

길을 잃다

구입할 생필품들
조목조목 적어 백화점에 갔다가
환한 길에서 길을 잃는다

지하층에는
먹을거리가 풍요하다
시골 장날처럼 왁자한 사람들 속에
스며들지 못하고
넓은 곳에서 길을 잃는다

이곳저곳 기웃거려도
미로 같은 길
반듯한 진열장에 쌓인 물건 앞에 두고도
찾지 못해 돌고 돌다 나오는 현기증
현대인에 익숙지 못해 길을 잃는다

출구를 찾아 나왔을 때
눈부신 햇살이 길 안내하고
환한 동굴의 공포에서 벗어나
길을 찾았다

그 나무 아래

지난겨울 세상 시끄러울 때
그 은행나무*
미련 없이 옷 벗어 버렸다

한 뿌리에서 나와
얽히지 않은 수만 갈래의 질서
하늘 움켜쥔 뿌리는
밤낮없이 몸통과 가지와 서로 소통하며
어떤 생각들을 전했을까

이 당 저 당에서
서로 국민의 뿌리라고 또 얽힌다
약해진 뿌리는 힘겨워 흔들리다
휘어지고 부러지고…
침묵 지키던 은행이 겨울 보내고
문을 활짝 열었다

연둣빛 새 옷 입고 봄 알리는
파릇파릇한 손짓에 사람들 몰려온다

세상일 잊고 푸른 기운 대출 받으러

* 장수동 은행나무

벚나무 그늘 아래

화사하던 봄날 떠나보낸 벚나무가
푸른 그늘을 만들고 있다
꽃 진 자리 송송 맺혔던 버찌도
어느새 떨어져 발길에 짓이겨졌는데
그 그늘 속으로 들어온 것은
노점상 트럭 한 대

발길 오고 가는 사거리 길목에서
그는 과일을 팔고 있다
체리, 망고, 바나나, 바다 건너온 과일들
햇볕 아래 팔리지 않고
자꾸만 익어가면 어쩌냐고
바다 건너 시집 온 그의 아내도
곁에서 마음만 종종걸음이다

서툰 말씨에 몸만 달아올라
버찌처럼 송송 맺힌 그녀 땀방울을
잎 속에 숨어있던 체리보다 작은 버찌가
눈동자처럼 내려 보고 있다

그녀의 먼 그리움 같은 버찌도
한 알 깨물면 입안에
붉은 즙이 고일 것 같은 한낮

그늘은 점점 둥그러지고
그늘 아래서 익어가는 부부 눈빛이
잠시 숨고르기 한다

빨래터에서

시간이 멈춘 것 같은
길을 걷다가 만난
통미마을 빨래터
정겨운 이름이 발길 잡는다

왁자하던 아낙들 소리
어디로 흘러갔을까
이야기꽃 피우던 빨래터는
긴 하품 늘어놓고
물오리 한 쌍만 한가롭다

졸졸 옛이야기 찾으러
물소리 따라 내가 흘러간다
사라진 그리움이 나타나
툭툭 방망이질하며 안겨 온다

하얀 옥양목 활짝 펼쳐놓고
따스한 햇살 함지박 가득 받아놓고
뽀송뽀송해진 마음도
그만 갈 길을 잃고

풀 앞에 서면

봄날 들녘 그들 군락지에선
저마다 이름으로
풀꽃 세상 한껏 피우지만
도시 화단에선 잡초가 된다

베어지고 뽑혀져도
뿌리는 흙을 놓지 않는
모성의 힘이 있다
도시 고층 아파트 화단
선택의 시간도 없이 뽑혀진 풀들

태양의 다비에 시들어도
살아남은 자의 반란
연초록 잎 여기저기 뾰족 내밀 때
가슴이 쿵쿵 뛴다

3부

정 때문에

사월 숲속

사월 숲속에 들면
수런거리는 소리 가득하다
바람은 꽃잎을 소문처럼 몰고 다니며
화살나무에도 낙엽에도
흔적을 남기고

그 흔적 따라 걸어가는 봄날
눈부신 낙화들이 층층이 쌓여갈 때
뿌리로 가는 흙의 시간은
꽃을 피우고 새들을 부르고
벌레를 키워 숲을 만들었다

봄날은 꿈결처럼 왔다 가는 것
화살나무가 모여 사는 세상을 향해
심장을 마구 조준해도
꽃비는 바람 따라 내리고

사월 숲속은
겨우내 참았던 말들이
연둣빛으로 태어나고 있었다

달려가는 봄

설레임으로 왔다가
느껴보기도 전에
게으름 한 점 없이 떠나갔다

쉬었다 가는
정류장도 없이 달려가고
내년에 또 찾아오겠지만

내 안의 봄날은
달려온 봄의 끝자락만
게으르게 따라가고 있다

오월 소풍날

고봉밥 한 상
가득 차린 것 같은 이팝나무 아래서
도시의 허기 채우고
솔고개 마을로 들어섰다
꼭꼭 숨어있는 보석 같은 곳
아카시아 향기 실크처럼 두르고
산책하는 길가에
아기 꿩이 놀고 있다

숲속으로 들어가, 어서 들어가
멀찍이 서서 말해줘도 들은 척 않는다
아직 세상의 위험을 모르나 봐
사람 피하지 않고 자박거리는
아기 꿩 한 마리
고향길에 마중 나온 동네 아이 같다

자동차 경적도 사라지고
숲속에선 봄날 깨우는 소리만 꿩꿩
자운영이 피고 보리밭이 일렁인다

살면서 짊어진 끙끙 앓던 짐 하나
슬며시 내려놓은 오월 소풍날

바람도 눈감아 주라네

간질간질 꽃바람이 불러내는
공원 산책길 벚나무 아래 사람들
꽃잎에 취해 있다

건너편 나무 아래 젊은 남녀 한 쌍
사람들 시선 아랑곳없이
키스 키스…

민망해서 자꾸 눈길 피하는데
다가오던 바람도 민망했는지
눈감아 주라며 쓰윽 지나간다

그 바람에 떨어지는 수많은 꽃잎들
하늘하늘 내 볼에도 키스를 한다
꿈결 같은 시간 바람 따라 날아가고

저만치 눈치 없는 젊은 남녀 눈길 가는데
하르르 떨어지는 꽃잎 탓으로
돌려야 하나 보다

하루쯤은

휴대폰에 길들여진 일상
그곳은 먼 애기였을까
시 쓰는 선배*가 문경 산골마을에
남편 따라 내려갔다

지인들과 소통도 불가능
자유로운 적막이었을 것이다
세월만큼 빠르지 않은 걸음으로
그곳을 벗어나야 터진다는 소식
봄바람 타고 와 안부 문자 넣었다
하루 이틀 지나도 답장은 깜깜

도시와 소통되지 않을 때
나비는 훨훨 시름을 잊게 하고
벌들은 꽃잎 따라 윙윙
사과밭 일손을 도왔다
풀꽃들도 밤사이
소리 없이 안부 묻는 마을

꽃잎 솎아내느라 바쁜 선배는
분신 같던 휴대폰 잊었나 보다
방문한 손님들 솎아낸 꽃잎처럼 쌓여간다고
도시에선 먼 얘기 일상으로 전해올 때
불통으로 스며들고 싶었다
하루쯤은 그 사과밭으로

* 이근숙 시인

별꽃 하나

집안일로 먼 길 달려간 내게
큰조카 부부는 반가운 만큼
텃밭을 통째로 내준다
서리 내리면 끝이라는 끝물고추 맘껏 따라며
다른 작물도 함께 따도 된다고
큰 자루도 놓고 감 농장으로 향한다

넉넉한 배려에 마음은 부자 되어
시댁 텃밭에서 맞이한 가을 나들이
들깨는 고소한 향기로 영글고
고구마순과 호박넝쿨은 뻗어가며
씨앗 맺은 억센 바랭이와 같이
주인처럼 밭둑을 지키고 있다

흙 만지며 자랐던 기억이 이끄는 대로
부지런히 따서 담은 자루가
묵직한 덤으로 안겨온다
초록의 시간 내려놓고도 온몸 별꽃 피워
열매 맺는 저 고추들처럼

서리 내리기 전 누군가에게 덤이 되는
그런 별꽃 하나 피우고 싶다

편견 버리기

식구마다 씻고 버리며
볼일 끝나면 곧바로 나오는 곳
끝없는 집안일에 지쳐 숨고 싶을 때
뒷 청소는 내 몫이라
투덜대던 곳에 숨어들었다
큰일 보는 척 불 켜놓고
깔아둔 발판 위에 앉았다
이렇게 편안하다니
몸속 먹은 것은 버리면서
마음의 짐은 버릴 줄 몰랐다
편견 먼저 버리니 휴식처가 되었다
거울은 속내까지 아는 듯 비춰주고
환풍기는 화 삭여주듯 우웅 돌아가고
맘껏 울어도 수돗물은 내 편이었다
마음의 짐 무거울 때
가끔 숨어 볼까, 아무도 모르게

민낯에 피는 꽃

그녀 화장대는
게으름 대신하듯 기능성 크림 하나
색조 화장품 몇 개가 전부다

젊음이 당당했던 이십 대
그리지 않아도 풍성한 눈썹
바르지 않아도 분홍빛 입술
기초만으로도 화사했던 푸른 시절
멀리 도망치고
민낯에도 당당했던 얼굴은
갈색 꽃을 여기저기 피우고 있다
그 꽃만은 감추고 싶어
파운데이션 정성 다해 두드려도
숨지 않고 나타나는 세월 꽃

지금부터 그 꽃을 다스리는
마음 화장이 시작이다

몰래 온 손님

365일 새해 선물로 받아
살얼음 건너듯 12월 맞이하는데
3년을 마음 졸이며 경계한 손님이 찾아왔다
그를 받지 않으려 1차부터 3차까지
주사와 마스크로 꼭꼭 단속했건만
어디로 들어왔는지 알 길 없는데
허약해진 틈 사이로
콕콕 신호를 보내왔다
그와 나는 밀어내기와 적응하기
냉정하게 주사 몇 대로 위협도 해보고
사탕 같은 알약으로 살살 달래 봐도
내 몸 구석구석 끌고 다니며 열나게 했다
두 발도 꽁꽁 묶어놓고 정든 사람은
더 못 보게 하고 가까운 사람은
소 닭 보듯 멀리하게 하더니
주인처럼 지배하며 한동안 머물다 갔다
무슨 미련에 동거의 흔적도 남겨
내 이름 보건소에도 등록하게 한
두 번 보고 싶지 않은 손님이었다

이런 봄맞이

이웃 나라에서 불시착한
신종 코로나19
해를 넘겨도 돌아갈 줄 모르고
봄이 와도 마음은
바이러스 뜨거운 겨울이다

잎들은 밝은 눈 틔우고
꽃들은 화들짝 뽀얀 얼굴로
제 할 일 알아서 하는데
집안에 격리된 사람만이
제 할 일 못하고
감옥 생활에 익숙해졌다

봄바람이 창밖으로 불러낸다
선뜻 나들이 나서지 못하는
이런 봄맞이
붉게 피어나던 꽃들도
피를 철철 흘리듯 빨간 꽃바람에
세상이 뜨겁다

해를 넘기고 넘겨도 진행 중인 경계의 선
언제쯤 반갑게 봄맞이할까

전북식당

가게 문짝에 나붙은
'임대' 방문이 쓸쓸하다
후미진 골목이지만
주인 여자 손맛에 이끌려
젊은이들도 심심찮게 찾아오던 백반집

지난가을 그 여자 먼 곳으로
이사 갔다는 소식도
낙엽처럼 바스락대다 잊혀 가고
겨울이 왔다
사람의 일이란 서로
안부 묻는 일인가 보다

손님들 발길 끊어진 식당
먼지만 소복이 쌓여갈 때
잠겨진 문틈 들여다보는 이웃 할머니
가끔 그곳에서 소주잔 기울이던
정 때문이었을까
그 모습 더 바람 같고

지글지글 보글보글
굽고 끓이던 소리만 안고 있는
전북식당
'임대'라는 종이 위로
바람만 왁자지껄하다

정 때문에

땅거미 밀려오는 밭머리에서
한잎 두잎 따기에는 마음이 급해
머리를 뚝뚝 분질러 따온 깻잎
늦은 밤 한 바구니 후다닥 건네주고
그녀 멀어지네

큰 잎은 똑똑 따서 깻잎김치 만들고
어린잎은 나물 볶아
밥 한 그릇 뚝딱 해치웠네
정 주고 정 받는 이웃 멀어지는데
바구니에 가득 담아온 그 마음이
밭이랑 속으로 나를 이끌었네

똑똑 깻잎 같은 마음 한 장 전송하는데
그녀 또한 마음 한 장 얹었다고
정 때문이여유 한다
예 맞아요
정 때문에 맞심니더

정 때문에 오고 간 두 여인 이야기가
고소한 향기로 여름밤 물들이고 있네
정 때문이여유…

익어가는 것

절 마당 한 켠에 옹기종기
어우러진 크고 작은 장독들이
익어가고 있다

염불소리 들으며
사계절 장맛들이 한낮 땡볕 아래
매미노래 벗 삼아
익어가고 있다

사람들의 마음 그릇 크고 작아
가늠할 수 없는데
삭혀지고 익어가는 시간도
기다릴 수 없는데

공양주 보살님 손에서
달고 짠 인생의 맛을
서운암 장독대가
몸으로 보여주고 있다

4부

뿔을 보다

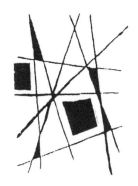

크게 더 크게

현생에 얼마나 큰 잘못 저질렀으면
내 입안 이력 훤히 화면으로 보면서
꼼짝없이 입 벌려야 했다

세월 앞에 무너지는 것이
어디 단단함 뿐이랴
몸 위해 일하던 그도 꾀가 났는지
작은 벌레 공격에 쉽게 부서지며
게으름 나무라듯 통증을 일으킨다
아, 하세요. 크게 더 크게
순순히 입 벌려야 하는
그곳에 누우면 꼭 벌 받는 것 같다
의사가 미세한 고놈을 찾아 처치할 때
머리는 온통 거침없이 내보낸
말의 벌이라 자책하는 순간이다
입 닫히고 통증 줄어들면
어느새 부끄러움 사라지고

백지 같던 머릿속은

싱싱한 말들이 태어나
세상으로 달려 나가려 한다
내 말의 고삐를 꼭 쥐어도
크게 더 크게

영화 같은 이야기

땅속 길을
한 시간 달려와 내린 충무로에는
영화 같은 삶들이 즐비하다
골목을 걸어 올라가는 캠퍼스 길
주변에는 극과 극이 공존한다
잠시 머물다 가는 하숙집과
원룸, 벌집 같은 고시원
저 많은 방 속으로 드나들며
자유와 고행이 동시에 시작되는 것일까
눈으로 본 창문 없는 방에서는
숨이 탁 막혀 버린다
높은 하늘을 볼 수 없다니
면벽 수도하듯 젊음을 누르고 누르다
꿈을 발아하는가
때로는 엑스트라가 되고
조연이 되고 주연이 되는가
더 높은 영화를 위하여
캠퍼스 젊음들이 우르르 쏟아져 나온다
세상 무서울 것 없는 저 뒷모습 뒤에는

어느 부모의 고행도 숨어있을 것
서울로 자식 보낸 자랑스러운 마음이
먼 영화가 된다

허전한 버릇

두 가지 약속 있던 날
현관부터 뭔가 빠진 것 같더니
그를 두고 나왔다

허전해서 만지작거리는 손
불안한 마음이 종일 가방을 드나들고
엄지와 검지가 허공을 만진다
옆 사람 진동 소리도 귀가 열려
허전한 버릇이 시작되고
그를 벗어나려 하자

저장된 인연들이 속박을 한다
한때는 혼수용품이던 몸값 높았던 그가
시대와 끊지 못할 끈이 되어
내 안에 깊숙이 들어와 있다

나는 그를 구속하고
그는 나를 구속하며

숫돌을 생각하며

삼복더위 가르며 들리는 소리
– 주방용 칼 갈아요 손으로 갈아요
구성진 아저씨 목소리
골목으로 칼바람만 남기고 사라졌다

갈아요 간다는 그 말은
아저씨 살아가는 소리인데
잠시 내 더위가 오싹 사라졌다

가슴 깊은 곳에서
세상 밖으로 꺼내는 말
칼 갈아요 갈아
오래 되뇌어 본다
날 세우고 긴장하는 가장의 어깨
녹슨 일상을 갈아야만 사는 일일까

서로 날 세우며
살아가는 아슬한 사이사이
너와 나 가슴 베이는 일쯤

혼자 아물어야 할 때 있어
때로는 숫돌이 되어 보는 것이다

제 몸 내 줘야 갈아지는 숫돌처럼
온 신경 손끝에 모으고 사는 저 소리
자전거 바퀴에 삼복더위도 갈며 간다

두 개의 가방

늦은 밤 정류장에
한 쌍의 젊음이 내린다
불빛보다 더 환한 얼굴로
여자의 가방을 들어주다
대신 메고 가는 남자

딸깍딸깍 발자국도 경쾌하게
어둠을 뚫고 걸어간다
꿈과 현실이 번갈아 드나들
커다란 시간의 가방 속으로
지치지 않고 메고 갈 가방이라면

같이 있기만 해도 좋은
저 풋풋한 시간들이 담겨 있는 것처럼
기울지 않고 늘 수평으로
메고 갈 인생의 가방이라면

그 마을버스에는

꽃향기가 나서
버스 기다리는 시간 지루하지 않다
어쩌다 그 마을에 사는 동생네 가기 위해
롯데마트 앞 정류장에서 버스를 타면
내가 낯선 손님으로 보이는지
기사는 시내 가는 방향을
잘못 타지 않았냐고 묻기도 한다

느린 시간을 닮은 버스 안에서
불공드리러 가는 노 보살님도 만나고
외출에서 돌아가는 할아버지도 만나고
밭농사 지으러 가는 할머니들도 만난다

이미지 아파트를 지나
광려천 따라 올라가는 길
신감 삼거리 지나 종점이 가까워질수록
도시와 점점 멀어지는 곳
계절마다 다른 풍경에 젖어서
내려야 할 정류장을 잊기도 했다

담장 너머 이웃도 내 일처럼 덕담하고
걱정해주는 그 마을에 가면
느린 시간을 맘껏 안는다
이랑 밭에서 마음 푸근해지고
광려천에서 바쁜 시간까지 씻고 나면
고향에 온 것 같은 그 넉넉함

바쁠 것도 없는 그래도 배차 시간은 지키는
그 버스를 타면 사람 사는 향기가 있다
그들이 나누는 이야기에 젖어서
내려야 할 정류장을 깜박 잊게 한다

씀바귀꽃

연초록 이파리 짙어가는 작은 마을
평상에 모여 앉은 노인들이
천진한 웃음 날리고 있다
스쳐 가는 바람에도 너울거리는
저 웃음꽃 되기까지

몇 번이나 피고 졌는지 모를 세월
도시로 떠난 자식 따라가지 못해
외로움은 더 깊이 뿌리내렸나 보다
비어가는 빈집, 빈 뜰에서 고향 지키는
쓰디쓴 그 꽃 앞에서

오래전 흙으로 돌아간 엄마가
눈시울 적시며 따뜻하게 피어났는지
가느다란 대궁에 기다림 감추고
삭여낸 하얀 웃음꽃
비우고 비워낸 먼 그리움

꽃바람 변명

봄날 오후가 발그레한
화단 꽃들과 눈인사 하느라
잠시 잊었던 휴대폰에
익숙한 이름이 부재로 피어있다
궁금증과 먼 거리감 망설이다
휴대폰을 들었다

신호는 가는데…
내가 남긴 흔적도 부재로 피어날까
다시 걸려온 전화
익숙한 그 이름은 잘못 스친 터치가
꽃바람 때문이라고 한다

꽃바람 때문이었다니!
마음 따라가지 못한 손이 이어준
어색했던 인사가 꽃바람 때문에
반가움으로 다시 피어나고
이런 변명쯤은
언제나 들어줄 수 있다고

혼자 너스레를 떤 봄날 오후
부재중 궁금증도 꽃잎처럼
하늘하늘 날아가고
코로나에 갇힌 먼 거리감도
잠시 가깝게 피어났다

뿔을 보다

개구리 지렁이 메뚜기 우렁이
논과 밭의 주인이던
그들이 사라진 자리에
쇠똥구리 한 마리 신도시 공원에
작품으로 태어났다

휴식 찾아 모여드는 사람들 속에
상징처럼 멈춰있는 쇠똥구리
뒷발로 쇠똥 굴리다 말고
번쩍번쩍 녹슬지 않은
기억만 햇빛에 굴리고 있다

눈에서 사라지고
생각에서 사라졌던 옛 고향집 기억
모락모락 두엄 속 쇠똥구리들이
부지런히 쇠똥을 굴리고 있다
저 자존의 뿔과 다리에서
빛이 난다

뿔뿔이 헤어졌던 옛 친구 모으듯
길목에 엎드려 있으면
단짝 친구 자야도 굴러올 것 같은데
내 키보다 더 큰 쇠똥구리도
추억을 지켜주고 있다

* 평촌 중앙공원에 있는 작품

방충망 손님

큰 소나무보다 더 높이 올라간
아파트 숲속 한낮 해 기울고
사생활 불빛 커튼으로 가리는데
거실 창 방충망에 손님이 찾아 왔다

현관 벨 소리도 기척도 없이
거실을 빤히 보고 있었다니
하루를 내려놓는 헐렁한 내 모습까지
들킨 것 같아 가슴 콩닥인다
그는 어떻게 10층 높이에 안착했을까

잘못 날아든 자리
매앰 매앰
시원스런 그 울음마저 버렸는지 미동도 없다
가라고 톡톡 신호 주려다
시멘트벽을 나무처럼 타고 왔을 객에게
야박한가, 손이 멈칫했다

큰 소나무가 아파트를 올려다보는 숲속

오히려 나를 위로하러 온 것은 아닐까
반가워도 집안에 들일 수 없는 저 손님
내가 할 수 있는 건
대낮처럼 밝은 형광등 불빛을
꺼주는 일뿐이다

어디 갔을까

그해 여름 신인상 등단식 날
허리 부분 잘록한 원피스에
한껏 멋 내고 긴장했던 마음은
흐르는 땀에 감추었다

많은 시간이 흐른 지금
책장에서 꺼내든 시집 한 권이
그날의 흔적이다
문우가 축하선물로 준 시집 속에
따뜻한 글귀가 살아나
첫 마음으로 이끈다

손 글씨는 세월이 흘러도
그 사람을 보는 듯
그날의 감동은 시집 속에 숨어있는데
창밖 7월 햇살도 아직 뜨거운데
그때의 열정은 어디 갔을까

- 가슴이 저절로 따뜻해지는 시

마음속까지 환해지는 시를 쓰라고
응원하던 글귀만 방울방울
땀으로 가슴 적시고 있다

헛걸음하던 날

어릴 적 고향마을 동산처럼
언덕길 따라 도서관 가는 길
운동 부족인지 숨소리만 헉헉거린다

봄꽃 흐드러지게 피던 사월부터
녹음 짙어가는 유월까지
스승의 특강이 잡혀 있는 도서관
유월 어느 날 유종의 미를 거둔다고
마지막 참석차 들렀더니
일주일 시간을 앞당기고 말았다

오 분 전 강의실 문을 살짝 연 순간
아뿔싸 놓아버렸던 정신줄 하나
머리를 스치는 헛걸음이었다
세상에 수많은 만남들이 오고 가지만
누군가 온기가 있어 기다린다는 것은
길을 만들고 있었다

헛걸음이 아니었구나

몇 번이나 오르내린 길가 어릴 적 동산처럼
내가 앉았던 자리에 나무들과 풀꽃들
꿈을 주던 그들도 스승의 눈이 되어
나를 보고 있었다
헛걸음만이 아니었구나

그래도 시의 정신줄은 꼭 붙잡으라고
헛걸음이 허허하고 웃는다
스승의 가르침도 멀리서 허허하신다

그리울 것이다

우여곡절 끝에 성사된 재개발단지
아파트 분양 신청하고 터벅터벅
집으로 오는 발길이 허전하다

스쳐 가는 인연들
길에서도 인사하는 풍년왕소금구이집
아저씨의 친절도 그리울 것이고
상아이발관 아저씨의
매너 있는 인사가 때론 부담되었지만
그래도 그리울 것이다
제일세탁소 부부의 환한 얼굴도
그리울 것이고
단골손님이 많은 봉미용실의
소탈한 그녀 웃음도 그리울 것이다

금성통신 회사가 생기면서
금성마을로 불리던 곳
회사도 오래전에 이주했고
마을 집들은 낡아갔다

밤이면 금성여관 불빛만 환한 곳
드문드문 찾아오던 손님 발길도 끊어지고
이제 사라질 것이다

부서지고 무너진 터전의 기억들이
묻혀버려서 두고두고 마냥
그리울 것이다

5부
카드 두 장

초록에서 갈색으로

군내 예능대회가 있던 날
11살 아이는 엄마가 오일장에서 사준
초록스웨터와 분홍주름치마를 입고
고갯길 넘어온 친구와 같이
선생님 따라 첫 버스를 탔다
떨리는 가슴처럼 버스도 덜컹거리던 길

타 동네에서 온 친구들과 모여
지정곡인 나뭇잎 배를 부를 때
처음 듣는 피아노 반주에 주눅 들어
기대와 달리 예선에서 낙엽처럼 떨어졌다
속상함에 울먹이는 등 토닥이며
더 큰 그림을 그려준 선생님 그림자는
초록의 계절로 따라다녔다

그런 계절을 몇 번이나 돌아왔는지
바람 따라 흐르던 낙엽 하나가
나뭇잎 배가 되어 노래를 불러준다
두 번 오지 않는 아련한 초록의 계절

맑고 고왔던 아이의 높은음 자리도
오색 낙엽들 속에 내려지고
시나브로 갈색을 물들이고 있다

가시 속에 피는 꽃

탱자나무 울타리 곁에 서면
어릴 적 아이가 된다
병아리와 참새 떼도 같이 놀던 놀이터
햇살 비추면 가시는 더 푸르게 되어도
서로 찌르지 않았다

가시 속에서 꽃 피우고
열매 맺어 향기까지 주던 나무
꽃말이 추억이란다
어릴 적 나를 소환한 나무 위에
꽃잎처럼 앉아 본다

눈으로만 본 하얀 세상길을
뚜벅뚜벅 걸어오는 동안, 어느새
꽃잎 같던 가슴에 하나둘 가시가 자라
경계의 울타리를 만들고 있다

웃자란 내 안의 가시부터 잘라 낸다
가시 속에서
탱자꽃이 하얗게 웃어준다

아이의 문신

검불 한 줌도 땔감이 되던 시절
열 살 적 아이는 아버지 새참을 들고
뒷산 밭으로 올랐다
밭둑마다 쑥쑥 자란 풀을 베어놓아
말라가는 향기를 맡으며
헉헉 오르는 길

저만큼 지게를 세워놓고
땔감 하러 온 마을 아저씨를 만났다
마주친 아이의 눈치를 살피다
남의 집 밭둑에 마른 검불을
슬금슬금 걷어서 지게 위에 쌓았다
그러면 안 된다고
어른들은 더 안 된다고
겁먹은 아이는 눈으로만 말하다
돌부리에 걸렸다

출렁이던 막걸리가 쏟아질까
콩닥대던 가슴에 주전자를 꼭 안고

아저씨의 뒷모습만 우두커니 바라본
그날의 일은 처음으로 새겨진
아이의 문신이었다

엄마 밥상

어릴 적 시래기밥이나 호박죽 끓이면
나는 배가 아프다고 했다
먹기 싫어 거짓말한다는 것을
엄마는 알고 있었다

아버지가 입맛을 잃으면
닭이나 붕어를 곰국으로 끓였는데
그날은 동생들 몰래 부엌으로 불려가곤 했다
주발에 국물 식혀 소금 간 맞춰 놓고
빨리 마시라고 채근하던 엄마의 비밀
장작불에 뼈까지 허물어진 뽀얀 국물도
난 비리다고 고개 저었다
태어날 땐 기다리던 아들이 아니어서
할머니 서운함이 길어지고 엄마는
젖배를 채워주지 못해 약하다고
아픈 기억을 평생 치마폭처럼 감싸주었다

내 아이 낳고 키우며 알았다
7남매를 낳아 기른 엄마의 밥상은

어디에도 없었다는 것을
가족이 반찬 투정하는 날이면
아른거리는 엄마 기억에
훅 올라오는 지난 불효를
밥상머리에서 다스린다

기일

봄날 꽃상여 타고
흙집으로 가신 아버지
그곳도 안식처 될 수 없어 이사를 하고
엄마와 봉안당에 세 들어 있는 집

생전 사진 속 꾹 다문 입
무슨 말씀 삭히고 계시는가
힘은 장사였지만 마음은 여려
홀로 되신 할머니 마음 살피느라
자식에게 사랑 표현 없던
어릴 적 아버지 기억

철 따라 지게 위에
삐비, 찔레순,
산딸기, 따서 칡잎에 싸와
대청마루에 슬쩍 올려놓던
그것이 사랑이었을까

기일 맞아 봉안당에 서니

세월과 화해한 그리움이 칡덩굴처럼
발목을 휘어 감는다

연주암에서

절벽 위에 지어놓은 집 한 채
단풍처럼 붉게 물들고 있다
오르고 올라도 보이지 않던 길
반듯한 걸음은 허용하지 않았다

엎드리고 내려놓아야
비로소 보여주던 길
벼랑 끝에 내몰린 간절함을
돌탑으로 쌓고 쌓아도
부처님은 미소만 들려줄 뿐

절벽 위에 집이 내려다보고 있다
오빠가 지병으로 먼 길 떠났을 때
삶의 끈을 놓아버린 아버지
그 자리에 쌓아두었던 회한의 눈물이
이제야 촛불처럼 흘러내리는 걸까

그때 절벽 위에 섰던 세월도
내 안에 탑이 되어
인연의 집 한 채 합장하고 있다

그리움을 끓이다

바다 가까이 사는 동생이
얼린 바다 향기를 택배에 실어 보냈다
물미역, 조갯살, 동태 등…
먼 길 오느라 녹고 있던 미역을
큰 그릇에 넣자 바다 속 인양 너울거린다

미역을 키운 바다는 엄마이고
미역국은 탄생을 알리는 첫 국이다
엄마가 되던 날 하얀 병실에서
첫국밥에 수저 들던 그날처럼
목울대가 울렁이며 파도를 탄다
그 파도 재우며 몇 번을 씻어내도 쉽게
바다 향기를 놓아주지 않는 미역
달군 냄비에 조갯살도 넣고
강에서 약으로 서서히 불 조절을 한다
끓일수록 깊어지고 부드러워지는 맛
때로는 삭히지 못해 뻗대던
마음 줄기도 함께 넣어 푹 끓인다

뭉근하게 우러난 국물 간을 보는데
생전처럼 다가와 수저를 잡아주는
엄마의 바다가 출렁이고 있다
내가 아들이길 기원했던 긴 기다림은
또 딸이어서 수저에 흘린 눈물이
바다가 되었다는 오래전 이야기
그리움으로 둥둥 떠다니고 있다

청원리 이팝나무

방어산 깊은 정기 내려온 곳에
삼백 년 뿌리로 마을 지키는
당신에게 편지를 씁니다

속 깊이 쟁여놓은 나이테 속에
수많은 이야기 알음알음 새기며
전설로 서 있네요
귀만 열고 사는 당신은
마을 애경사 훤히 알고 다독여 주는
큰 어른이었지요
하나둘 집 비어가는 마을
뿌리로 버티고 서서
예전처럼 물 대어 모내기 서두르라고
오뉴월 활짝 핀 꽃향기로
먼 곳까지 소식을 전해주네요

부치지 못한 편지 들고
당신에게 갑니다

마음만 앞세워
고향으로 달려갑니다

첫 마음의 옛집

40여 년 전으로
거슬러 가는 버스를 탔다
시간이 달려가는 철길 건너 산본동 주택단지
전세방 한 칸에 100만 원으로 시작해
몇 번 이사 다니다 정든 그곳에
첫눈 같은 첫 집을 마련했다
대문 활짝 열어놓고 오가던 이웃
아이들 웃음소리 골목 뛰어도
환한 정이 계절 없이 피었다

떠나온 후에도 그리움으로 남아있어
처음으로 찾아간 마을
낮은 담장도 마당도 사라지고
고층으로 오르지 못한 집들을
지키는 것은 골목길이었다
수많은 얘기만 스며있는 골목길에
자동차가 투덜거리며 지나가고
기억 속에 주소는 아득한 길을 잃었다

오월이면 라일락 향기가 담장을 넘던
첫 마음의 옛집은 어디쯤일까
꿈처럼 서성이다 돌아 나온 큰길
재개발 현수막에 눈발이 펄럭펄럭
그리움만 세차게 흔들고 있었다

무임승차 꽃눈

무임승차로 전철 타고 도착한 서울대공원
평일이라 그런지 평평한 길가는
산책 나온 노인들이 주인이다
나무들은 잎눈과 꽃눈 틔우려 분주하고
노인들은 말소리만 소란스럽다

귀 열지 않아도 들려오는 소리들
이 길마저 못 걸으면 어쩌냐고
여기저기 푸념도 따라 걸어간다
분초를 다투며 부푸는 잎눈과 꽃눈들
서로 바라보며 걷는 봄날 둘레길
삼삼오오 이야기꽃 피우는
의자 몇 개를 지나서야
저만치서 행운처럼 빈 의자가 반긴다

무거운 걸음 내려놓는 의자에
살포시 꽃눈 하나
먼저 날아와 자리 차지한다
종일 내리지 않아도 되는 무임승차 꽃눈도

이제 곧 떠나야 할 시각
무임승차로 가야 하는 길이
네게도 가까이 보인다

오래전 습관

가끔 유치원에서 하원하는
손주 데리러 가는 날이면
젊은 날의 나를 만난다

하나둘 모여드는 젊은 엄마들
저 풋풋함 속에 끼어들 수 없는
세월의 거리감 멀찍이 비켜서서
귀만 여는 여유를 갖는다
버스가 오고 아이들이 내리고
하나둘 엄마 품으로 안길 때

오래전 업어 키운 딸의 그 기억이
습관처럼 툭 튀어나와
쪼그려 앉게 한다
손주에게 등을 내밀며
아가 업어 줄게…
환한 개구쟁이 웃음 무게에 실려
끙 하며 일어서는데

엄마, 요즘 누가 아기를 업어
등에 업혀 오는 묵직한 무언의 말
걱정으로 따라 업힌다

카드 두 장

나 여섯 살 적
엄마와 떨어져 시골 할머니와 살 때
부산에서 오빠가 보내준 카드 한 장이
엄마의 그리움도 잊게 했다

빨간색 옷 입은 산타
하얀 눈이 내린 그림 속은
꿈과 현실을 이어주던 첫 선물이었다
오래 간직했던 산타의 기억은
육십 년 세월 강물처럼 흘러도
십이월이면 설렘으로 생각나

나 어릴 적처럼
여섯 살 손주가 십이월에 준 카드 한 장
할머니, 메리 크리스마스
파란 색종이에
삐뚤삐뚤 손으로 쓴 글씨
별과 하트 모양도 예쁘게 그려 넣고
뽀뽀 세례까지 받은 첫 선물

가슴 속 환하도록
한 장 남은 달력이 달싹이며
세월 강을 넘겨주고 있다

귀뚜라미

입추 지나자
서늘한 바람 따라온 귀뚜라미가
가을은 소리 없이 가는 거라고
문밖에서 찌르찌르 문자 보낸다

그 소리 더 정겹던 시절
연탄 아궁이 하루 두세 번 갈아줘도
아랫목만 따뜻해서
귀뚜라미 보일러가 소망이었다
그런 마음뿐인 가을 몇 번 보내고
귀뚜라미 설치된 집에 이사하던 날
세상 행복 다 가진 것 같아
연탄집게 미련 없이 버렸는데
부릉부릉 기름먹을 때마다
가슴이 찌르찌르 울렸는데

지역난방에 밀려 귀뚜라미
예전처럼 울지도 않고 들리지도 않는다
가는 가을 붙잡는 귀뚜라미만

풀밭에서 찌르찌르 가슴에
난방 버튼을 꾸욱꾸욱 누른다

빛나는 쓸쓸함을 걸쳐 입고

― 허말임의 회귀 본능

배 준 석

(시인·『문학이후』 주간)

詩 속에 시인이 살고 있다고 생각하면 큰 오산이다. 그렇다면 무엇이 살고 있는가. 쓸쓸함이다.

해지고 어두운 밤길을 홀연히 걷고 있는 외로운 그림자라든지, 떠나간 사랑이 남긴 아픈 추억의 페이지를 넘기고 있다든지, 부모님 다 떠난 텅 빈 고향마을에서 서성인다든지, 세월의 바람결에 흰머리 날리는 허허로운 분위기라든지… 하는 것들이 시 속에서는 버젓이 주인공으로 자리 잡고 있다.

시인도 살다 보면 일상이 까마득하게 희미해지고 쓸쓸할 때가 있다. 생각도 허전해지고 찬바람이 가슴을 싸늘하게 휩쓸고 지나갈 때가 있다. 그때 시와 만나게 된다.

시인은 그때그때 필요에 의해 시와 만나는 사람이다. 물론 헤어지기도 하고 한동안 연락 없이 지내기도 하고 배신도 때리며 서로 붙잡고 울며불며 싸우기도 하고 천진난만 웃기도 한다.

시나 시인이 제멋에 취해 화려한 늪으로 빠져들면 그만큼 놓치거나 잃어버리는 것이 많을 수밖에 없다. 그러나 쓸쓸한 늪으로 빠져들면 그만큼 많은 사연과 절실한 감정이 따라오게 된다. 그 쓸쓸함과 슬픔을 끌어안고 이겨 나가며 의미를 찾아내는 가운데 시와 시인은 끈끈한 동업자가 된다. 시나 시인은 아픈 만큼 성숙해진다는 말에 동의할 수밖에 없는 이유가 여기에 있다.

시와 시인은 거리 조절도 중요하다. 너무 가까워도 힘들고 멀면 낭패를 당하기 쉽다. 먼 것 같은데 가깝고, 가까운 것 같으면서 멀리 관조하는 느낌, 그 간격을 유지하는 사이가 시와 시인이다.

그 사이로 끼어든 세월이 그려낸 허전한 그림들은 시 속에 쌓이고 잊을 수 없는 소재가 된다. 그것을 끌어안고 삭히고 승화시키는 일상이 필요하다. 시인은 그때 또 시 주변을 서성이게 된다.

시 속에 사는 쓸쓸한 사연을 꺼내 탁, 탁 털기도 하고 축축한 내용을 꺼내 햇빛에 말리기도 하며 때로 술 한 잔 나누며 마음을 가라앉히고 그 속에서 알맹이를 고르기 위해 키질도 한다. 검불 되어 날아가는 것들은 과감하게 버리고 그 쓸쓸함 속에 감춰진 순금의 언어를 찾아내야 한다. 남들 다 아는 사연도 처음인 듯, 새로운 언어로 다시 일어서는 모습을 보여줘야 한다.

 그 이치를 알고 있는 허말임 시인은 이번 시집에서 오래되었거나 쓸쓸한 이야기들이거나 그런 분위기를 찾아 실타래 풀 듯 풀어놓는다. 연륜이 만들어낸 소소한 것들이다. 세월 속에서 부대끼며 쓸쓸히 매만지고 있는 것들이다.

> 내 눈으로 볼 수 없어
> 거울 들고 마주 비출 때 볼 수 있는
> 적당하게 살찌운 세월의 등이
> 거울 속에 뒤돌아 서 있다
>
> 만나고 헤어진 수많은 말을
> 줄임표로 대신할 때
> 등, 등, 등…
> 무슨 뜻인지 몰라 아득했던 길
> 엄마 땀 냄새도 마냥 좋아
> 등에 기대며 삭인 마음도 훌쩍 자라
> 등 보이며 떠나왔던 고향길도
> 저만큼 비켜 서 있다
>
> 등은 속내를 감춰주기도 하고
> 가까운 이에게 선뜻 내주기도 한다
> 쓸쓸함과 당당함을 동시에 가진 등
> 등만 내주면 된다고 믿었던 마음은
> 늘 두 갈래 길이었다
>
> 거울 앞에서 등을 비추어 본다
> 마음의 등이 꺼졌을 때

거울로도 볼 수 없는 바위가 되는 등
태아처럼 숙여지는 세월을 펴며
온기 남은 등을 손주에게 내민다

— 「등과 등에게」 전문

등은 뒤에 있다. 뒤는 돌아본다는 말을 떠올리게 한
다. 젊었을 적에는 앞만 보고 달렸다면 나이 들어가면서
뒤를 돌아보는 시간이 잦아지게 된다. 등에 지고 살아가
던 무거운 짐도 나이 들수록 가벼워질 수밖에 없고 내
려놓을 수밖에 없는 일이 생기게 된다. 한때 당당하던
등과 갈수록 쓸쓸해지는 등과의 관계가 마치 세월을 걸
쳐 입고 선 시인의 모습과 겹쳐지고 있다.

그뿐인가. 감추고 참고 살아온 수많은 말을 '등, 등,
등…'으로 신체의 등과 연결시키고 있다. 쉼표와 말줄임
표는 저간의 숱한 사연을 짐작하게 하는 효과로 나타나
고 있다. 단순한 등이 아닌 것이다.

이제 그 등을 손주에게 내미는 모습은 삶에 다시 온
기를 지피는 역설의 그림이다.

야트막한 산언덕
느티나무에 까치집 있다

높이는 몇 층이나 될까
위로 바라보아도 가늠할 수 없다
까치는 나무에게 허락이나 받고
집을 지은 걸까
임대 기간 계약서는 썼을까

하늘만이 집안을 볼 수 있는 집
열쇠도 번호키도 없다
바람이 기웃거리고 잎 떨어져도
경비아저씨 달려오지 않는다
온전히 내 것 없는 세상

바람도 차단한 유리벽 안
까치집보다 높이 올라간 아파트를
임대해준 자연이
지긋이 올려보고 있다

— 「세 든 집」 전문

　잠깐 세 든 집에서 살았던 기억이 떠올랐을까. 근래 허말임 시인은 재개발한 현대식 고층 아파트에 새 보금자리를 마련했다. 현대인들의 로망인 최신 시설을 자랑하는 아파트에 살면서도 남과 달리 자연을 향한 애틋한 시선은 그칠 줄 모르고 있다. 시인이기 때문이다. 사명감 같은 시심詩心으로, 본래 심성을 잃지 않고 있는 모습이 천상 시인임을 증명해준다.

　최첨단 과학 시대에, 고성능을 자랑하는 기기 앞에, 문명의 이기로 가득한 현대 생활 속에서 그래도 잃어버린 것이 있다면, 되찾아 놓아야 할 것이 있다면 바로 자연이다. 이는 뒤를 돌아봐야 가능한 일이다.

　현대인들이 살아가는 이야기를 까치 이야기로 환치시켜 시의 맛을 살려내며 시인의 자리를 지키고 있는 모습이 의연하다.

인천 한중문화관에서
눈길 끄는 토기 한 점
백제시대 소변통이다

요즘 병원에서
남자 환자들이 사용하는 소변통처럼
손잡이까지 달려 있다

저 토기의 힘은 무엇일까
남자의 상징처럼 장식용이었을까
아니면 권세가 어른이 병중이거나
겨울밤 손 귀한 집 사내아이의
소변통으로 사용했던 것은 아닐까

바닥에 단단히 고정시킨 저 다리
포효하는 사자의 입 같은 입구
앞서간 시대의 힘이 당당하다

— 「토기 한 점」 전문

　　허말임 시인과 문학의 길에서 오랜 시간을 함께하며
만들어진 세계가 있다. 그냥 비껴갈 수 없는 긴 세월이
만든 세계나, 소재나 사연들 속에는 같이 공유한 일들이
수없이 쌓여 있다.
　　백제시대 소변통도 마찬가지다. 초겨울로 접어든 다소
쌀쌀한 날씨에 인천지역으로 관광버스를 대절하여 답사
간 적이 있다. 한중문화관도 그때 첫 코스로 잡혀 있었다.
차이나타운도 가고 월미도까지 답사한 일들이 또렷하게

떠오른다. 그때 만난 소변통은 백제 시대를 소환하기도 하지만 그만큼의 먼 기억의 감정도 되살려내고 있다.

　그뿐인가. 어느 해 가을 부석사 가는 길에 만난 소수서원 앞에 있는 금성대군 신단도, 동국사도, 장수동 은행나무도 함께한 답사지이다. 그 이야기들도 이번 시집에서 다 만나게 된다. 이 시집에는 그렇게 빛바랜 이야기들이 감춰진 장막을 슬쩍슬쩍 올리며 추억의 얼굴로 나타나고 있다. 지나가면 다 잊어버리는 세상에, 은혜도 모르고 배신하는 시대에 허말임 시인은 이권도 없는 답사지 사연을 잊지 않고 시로 정리해 놓았다.

　　시장 한 켠 노점상 할머니한테
　　노란 조 한 됫박을 샀다
　　봉지가 터질까 봐
　　한 번 더 넣어 달라 했더니
　　가방에 넣어 가면 끄떡 없단다

　　맛있게 밥 지어 먹으라는
　　덕담까지 담아왔는데
　　꺼내자마자 검은 봉지를 뚫고
　　조르르 알들이 흘러나왔다
　　순식간에 할머니 말 오간 데 없고
　　주방 바닥은 조밭이 되었다

　　냉장고 아래까지 흩어져 버린
　　알들을 줍느라 고행이 시작되었다
　　손으로 쓸어도 잡히지 않아
　　한 알 한 알 검지를 눌러 주웠다

식탁 아래서는 오체투지로
바닥에는 김을 매듯 허리를 굽혔다
발에 밟히기도 하는 알들은
나의 조급함을 나무라기도 했다

고 작은 한 알이 심어지면 깊은 생각으로
제 몸의 수천 배로 키워내는가
그러고도 고개를 숙이는 조의 위력을
누가 속 좁은 사람에게 비유했는가
한 알 한 알 내 손에 모여드는 알들
자잘한 금빛 말씀들이
주발 안에 찰지게 담겨졌다

—「조」전문

    귀하고 맛있고 다양한 먹거리가 판치는 세상에 고 작은 조라니, 아직도 조를 심고 수확하여 팔고 사 먹는 사람이 있다는 것이 신기하다. 간혹 조밥을 만나면 반가움에 속으로 환호성을 올리게 된다. 어릴 적 흔하게 먹었기 때문이다. 요즘은 귀해진 것이 조이다. 그것도 귀하다고 느끼는 사람에게 귀한 것이고 대수롭지 않게 여기는 사람에게는 별것 아닌 존재가 된다. 그때 시인의 자리가 다시 돋보이게 된다. 이제 사라진, 더 이상 크게 소용되지 않는 조를 찰진 금빛 말씀으로까지 승화시키는 모습에서 허말임 시인의 놀라운 상상을 감동스레 만나게 된다.

    조는 단순히 잊어버린 곡식이 아니라 과거 가난했던 우리네 살림살이까지 끌고 들어오며 건강까지 생각해보게 되는 귀한 소재이다.

40여 년 전으로
거슬러 가는 버스를 탔다
시간이 달려가는 철길 건너 산본동 주택단지
전세방 한 칸에 100만 원으로 시작해
몇 번 이사 다니다 정든 그곳에
첫눈 같은 첫 집을 마련했다
대문 활짝 열어놓고 오가던 이웃
아이들 웃음소리 골목 뛰어도
환한 정이 계절 없이 피었다

떠나온 후에도 그리움으로 남아있어
처음으로 찾아간 마을
낮은 담장도 마당도 사라지고
고층으로 오르지 못한 집들을
지키는 것은 골목길이었다
수많은 얘기만 스며있는 골목길에
자동차가 투덜거리며 지나가고
기억 속에 주소는 아득한 길을 잃었다

오월이면 라일락 향기가 담장을 넘던
첫 마음의 옛집은 어디쯤일까
꿈처럼 서성이다 돌아 나온 큰길
재개발 현수막에 눈발이 펄럭펄럭
그리움만 세차게 흔들고 있었다

— 「첫 마음의 옛집」 전문

40년 전 이야기를 꺼내고 그곳을 찾아가고 빈 마음으

로 돌아오는 심정이 시 속에 그대로 들어있다. 사실적인 내용에 시의 옷을 입혀 추억을 그려내고 있다. 시 속에 시인의 옛 모습이 어리어리 비치고 있다. 시 속으로 들어가는 중일까. 오래 시 쓰다 보면 때때로 시 속으로 빠졌다가 나오기도 한다. 그래도 시는 건재하다. 자꾸 연륜이라는 말을 꺼낼 수밖에 없는 상황인 것이다.

40년 전 이야기는 그 안에 세월의 때가 고스란히 묻어있다. 지워도 지워지지 않는, 진하게 자리 잡아 쉽게 벗겨질 리도 없다. 그나마 시가 나서서 처음으로 마련한 내 집 이야기를 반추하고 있다.

시로 남겨진 추억이 쌓여 시집이 된다. 시집 속에는 시가 살아가며 슬쩍슬쩍 시인이 남긴 흔적을 찾아 냄새를 맡고 뒤집어 보고 텃밭에 심어 가꾸며 열매를 수확하기도 한다. 시가 좋은 시인을 만드는 과정이다.

> 그리움이 연두로 물들 때면
> 오월로 달려간다
>
> 시댁 뒷산 감나무밭 양지바른 곳
> 생전 말씀 없던 어머님 누워 계시다
> 자식 온다고 주변 가꾸고 기다리신 걸까
> 삐비꽃 하늘하늘 하늘 향하고
> 풀꽃 속에 씀바귀 노란 웃음 풀어놓고
> 찔레 향기도 활짝 피워 놓았다
> 흘러가던 구름도 잠시 쉬어 가는 곳
>
> 자식도 세월에 무릎이 저려
> 큰절 못 올린다고 말씀드리니

어머님도 울컥, 속내 감추려는지
바람을 불러
찔레 향기만 더 하얗게 피워 놓았다
자식의 인연으로 만나
삐걱이는 소리도 맞추며 걸어온 길

오월은 그리움 먼저 앞장세우고
또 다른 길로 걷고 있었다

— 「오월의 길」 전문

화사한 오월에 꺼낸 이야기가 슬픔 한 덩어리를 울컥 쏟아 놓는다. 그래서 시의 뒷모습이 쓸쓸하다. 오월도 시 속에서는 어쩔 수 없다. 먼저 가신 부모님을 뒤따라가고 있는 화자의 모습이 망연한 느낌으로 다가온다. 현실과 미래가 조화롭게 만나는 장면이 인상적이다.

그렇게 이번 시집에서는 인생의 뒤안길에서 만나는 이야기들이 사소하게 쓸쓸하게 자리를 지키고 있다. 그 쓸쓸함은 돌아가는 길가에서 다시 만난 대상 때문이기도 하다.

돌아가는 길, 회귀 본능은 시인에게 숙명 같은 일이다. 너나없이 때가 되면 돌아가야 한다. 그 길에서 의미를 만나고 추억으로 노래하며 마음속 깊이 간직하게 되는 사연들이 이번 시집 곳곳을 밝히고 있다. 꼭 쓸쓸함으로 끝나지 않고 한편으로는 능숙한 언어로, 겸허한 자세로 과거와 현실과 미래를 초월한 곳에 서서 멀리 눈길을 주고 있는 허말임 시인의 모습도 보인다. 시와 시

인이 만나 만들어낸 쓸쓸한 아름다움이다. 빛나는 세월
의 아쉬움이다.

　　　천년의 법 향기가 피어나는
　　　화엄사 각황전 옆 홍매화
　　　꼭 다문 꽃 입술 동안거 묵언수행 중
　　　찬 서리 겨울바람 스친 자리마다
　　　꼭꼭 쟁여놓은 향기로운 말들만
　　　가지마다 봉긋봉긋 늘어놓았네

　　　꽃잎 한 겹에 바람 한 자락
　　　꽃잎 두 겹에 눈바람 세 자락
　　　안으로 여민 시간 겹겹이 두르다
　　　봄 햇살 사뿐 걸음 분주한 날에
　　　참아서 향기 나는 꽃말도 아끼며
　　　세상 길 밝아지게 진분홍 꽃등 들었네

　　　긴 기다림 속 꿈같은 만남
　　　인연 따라온 길 합장하는 고운 손
　　　꽃잎 말 받아 적는 서툰 글쓰기
　　　참아도 나오는 와~아~ 소리만
　　　꽃그늘에서 화엄으로 피어나네

　　　　　　　　　　　　— 「꽃그늘에서 듣다」 전문

　홍매화가 핀 것을 '찬 서리 겨울바람 스친 자리에 향
기로운 말들이 가지마다 봉긋봉긋 늘어놓았다'고 표현한
것은 힘들고 어려운 일을 이겨낸 사람들의 이야기로 읽
힌다. 그것도 어디에 핀 홍매화인가. 화엄사 각황전이다.

'향기로운 말'은 부처님 말씀이기도 하고 시구절이기도 하다. 그냥 써지는 단순한 시구절이 있던가. 그런 자세로 살아온 허말임 시인의 모습을 대입시켜 본다. 불자로서 살아온 삶과 시인으로 살아온 이력이 이 말속에서 확인이 된다.

또 '참아서 향기 나는 꽃말'이라는 표현은 시인의 자세 그 자체이다. 참는다는 것은 짧게 압축시켜야 하는 일이다. 그리고 '세상 길 밝아지게 진분홍 꽃등'을 든다는 것은 많은 사람의 마음을 감동시켜야 되는 일이다. 이를 위해 정성을 바쳐온 시적 여정은 이제 여유롭게 뒤를 돌아보는 단계까지 이르렀음을 알 수 있다.

세상만사 다 끌어안고 돌아가야 하는 길가에서 허말임 시인의 뒷모습은 마냥 쓸쓸하지 않다는 것이 큰 위안이다. 무수한 사연이 시가 되어 주변을 밝히는 한, 외로움도 빛나고 쓸쓸함도 홍매화처럼 활짝 꽃피울 수 있을 것이다.

이제 우리는 이번 시집을 받아들고 허말임 시인의 두 손을 따스하게 잡아주기만 하면 되는 것이다.

허 말 임 시집

꽃바람 변명

초판발행　2024년 4월 30일

지 은 이　허말임
펴 낸 이　배준석
펴 낸 곳　문학산책사

등　　록　제3842006000002호
주　　소　⑦14021
　　　　　경기도 안양시 만안구 병목안로 81. 103-1205
　　　　　(성원아파트)
전　　화　(031)441-3337 / 010-5437-8303
홈페이지　http://cafe.daum.net/munsan1996
이 메 일　beajsuk@daum.net

값 10,000원

ⓒ 허말임, 2024

ISBN　979-11-93511-04-6　03810

＊ 이 시집은 한국예술복지재단 창작기금 지원으로 발간되었습니다.